歌集

見出された詩

続 コロナ禍の記憶

Oki Kosei
沖荒生

角川書店

歌集　見出された詩　続　コロナ禍の記憶　目次

装幀　片岡忠彦

歌集　見出された詩

続　コロナ禍の記憶

沖　荒生

歌集『コロナ禍の記憶』のあらすじ
――プロローグを兼ねて

前年から他国において見られ始めた風邪に似た症状の未知の病は２０２０年1月、日本に上陸する。２月には無症状者からもうつる感染力と致死率の高さについて、あるいはその他根拠の有無が不明なものも含めて、噂が飛び交うようになり、３月には主人公の勤務地である新宿のビルで感染者が出るなど、病禍が生活に迫ってくるようになる。

気のゆるみゆく頃なればウイルスもやがて消えんの言に潜める
街中を人の目だけがさまよえる人を訝る目また目だけが
新宿に立ち並ぶビルその一つ激しく揺する一人の陽性

＊

妻（本編では「(元)妻」、「母」、「あなた」などとされる）及び7歳の息子（本編の「君」、「吾子」など）と暮らす主人公（本編の「父」又は一人称代名詞など）は日常風景が一変することに戸惑いつつ、在宅勤務を増やしてゆく。休校となって家に居る息子との密な生活に在宅勤務の主人公はむしろ楽しみを見出すが、そんな非日常の生活が続くある日、妻は主人公に離婚を切り出す。４月には緊急事態宣言が発令される。

ありがたし休業中も学び舎はホームワークでステイホームと

ウイルスがまぎれこむのは肺ならず暮らしの襞が硬化してゆく

宣言は単なる国の宣言で社の緊急は今や日常

＊

マスクだけでなくトイレット・ペーパーや電池まで不足する事態。遅ればせながら届く半端なサイズのアベノマスク。世の中では家に居る時間を過ごすためゲーム機器が売れている。

在宅勤務と離婚条件の交渉が並行的に進む中、息子の家居はオンライン・ゲーム。

ストレンジャー来ることもなきストリート経済ストップ乏しきストック

二枚来たマスクをばらし三枚に「旧典型的」核家族とて

Switch にこどもごころが大人びて稚児らしからぬ課金６ケタ

＊

5月下旬に緊急事態宣言は解除され、「新しい日常」が始まる。6月になっても家族が新しい生活様式になじめないまま、7月には第二波が東京を襲う。

巣籠もりに晴雨はこもごも訪れて孤独にもあるかわき、うるおい
陽性《ポジティブ》になれば却ってこの鬱もうつしき日々も終わるだろうか
第2波がいずれここには押し寄せん飛び込み難き九時の人波

＊

春の休校期間が原因で例年の半分ほどの夏休みを薄味に過ごした後の二学期から息子は登校を嫌がるようになる。
「新しい日常」を標榜する人たちへの違和感を抱きつつ、マスク姿の出勤、在宅でのオンライン会議と登下校時の息子の付き添いを組み合わせた日々。県境を越えることが許されるようになった秋、最後の家族旅行の後、妻は出てゆく。息子の同級生も両親の離婚により引っ越すなど、コロナ禍は様々な形で町に、生活に、人生に、影響を及ぼす。

薄味の今年の夏を味わおうこれが最後の線香花火か
「新しい日常」など大人の標語に過ぎなくて子は子めかずに昔語りす
三人が旅立つ九月の四連休何の日なのかわからぬままに
いつからか『鬼滅…』の彼女が来ないのはそのふたおやも別れたりけり

＊

〝Go To トラベル〟に起因する第三波が押し寄せる中での父子ふたりの生活。再度の緊急事態宣言を望む声が高まる年末、東京では感染者数が千を超える。コロナ禍の一年の喪失感。そんな中、外出から帰って来た主人公親子が見たものは…

二度あるは三度ありとは言うけれどこれは官製人災と呼べ
暗く笑み朗らかに泣く日々となりようよう人の父となんめり
いろいろを解決するというけれどコロナの年のとき空回り
第3の波のまにまに着きにけむ何故か我が家に寝ぬる元妻

Ⅰ　寝ぬるほかいびと

２０２１年１月～６月

一月

"Go To トラベル"が巻き起こした第三波の中、2021年を迎える。1日、東京での感染者数は千を超え、その後も増加。7日には東京だけで二千五百人を超え、二度目の緊急事態宣言が一都三県に発令される（その後、11都府県に拡張）。8日には全国の感染者数が八千を超える。なお、この度の緊急事態宣言では休校とならず。

「何故か我が家に寝ぬる元妻」…第三波の状況下、ワクチンも未だ開発されておらず、地方では東京からの移入が禁忌とされていた頃のことである。

里からも拒まれたりと言う人は子の母なれば濃厚接触

この家にまれびととして居る妻と食める七草　無論、黙食

対面に続けらるるもありにけり喇叭の一吹きなされし後も

※「喇叭の一吹き」についてはアンブローズ・ビアス『悪魔の辞典』「離婚」の項参照。

かんばせの肉を裂くごとあらみたま我が賽銭を少なすぎとは

代言人、己の言は拙けれ財産分与は書《ふみ》とせざりき

利益相反は詮なし元妻に良い弁護士のあれと思えど

金銭交渉に悶々としながらコロナ禍二年目の仕事始め。
今月にはボーナスも入るが。

この一年自問することあまたたび「私は体調悪いだろうか」

離婚後に家事を始むる元妻の心や占むる元ＡＴＭ

キャッシュからクレジットへと変わりたり別れても持つ私の財布《カード》

コロナ下の子供は家の空気に敏感だ。

君はもう帰宅の父と距離《ディスタンス》を置く吾をうかがう目見をうたがう

霜柱ふむごと笑う君の冬そのふふみごと抱き上げてみた

かきいだくこの鬱屈のやり場なく君もまなこをかげらせてゆく

二月

都内の1日の感染者数は千人を切るものの依然高い水準。

2月3日に成立、13日に施行された改正特別措置法により、緊急事態宣言より要請事項のゆるい（らしい）まん延防止等重点措置（いわゆる重点措置、「まん防」とも当初は呼ばれた）が新設される。

17日からP社製のワクチン接種が医療従事者向け先行接種として始まる（その後、4月には65歳以上の高齢者、6月には子供を除く一般、さらに集団接種が本格的に開始するなどワクチンが普及していく）。

いつからかただの風邪だと思う我でもワクチンを待っている我

問答はオンラインでも出来ますと波へと返す節分の客

分かる日が来るあれは同じ人だけど「ママ」と「妻」とは別人なんだ

再婚はしないでくれという君の母にも父はなれるはずなく

日常を壊したことの報いとて今や破調が我が濫心に添う

としごろにいかにあこの夜わびにけんかたき五体の父に抱《いだ》かれ

のびやかな笑顔ながめてなお迷うおのが育児の善か悪かと

子は育つ置いてけぼりのてて親が夢路に探す小さき面影

ヴィヴァーチェに父から離《か》るる子の涙甘い父には苦きものなり

我がひとみようよう澄んでゆくようだいわんや吾を見る眼中の眼をや

三月

都内の感染者数は三百人台の日が多い中、21日に東京の緊急事態宣言が解除される。他方、関西圏では感染者が増加（２０２０年12月に英国で流行したアルファ株によるものとされる）。尾身氏が「人流」の語を使用、以後、当時の菅総理を含めた公人の使用から広がっていく。

そんな中、この月の下旬、会社では不祥事が発覚、以後、
対応に忙殺される日々が続くことになる。

昨年の自粛強いられたりし日の画面の裏に火種ありけり

不祥事は無人のオフィスに燃え続け一人火消しに走る前線

つかのまの息抜きはトランプである。このトランプについては「Switchが子どもの口をオフにして妻うちつけにトランプ出しぬ」（『コロナ禍の記憶』）を参照。

七並べババ抜きダウト大富豪…二人で出来るゲームなど無い

これだけが二人でできる父と子は寡黙と沈黙、神経衰弱

おお君は九九で鍛えしばかりなりすぎすぎ取られすがすがしく負く

格差など父子の間に不要だが革命続く富豪貧民

あの人は事実お金が好きだった大富豪だけ熱くなったし

春休み二人トランプ続ける夜長い長いな意識が霞む

お得意の将棋をやろうとおもねれば吾子の陣地の駒を並べる

いかに見る阿《おもね》るだけの我が指し手邪気の無い眼と叡智ある手で

「いないのを気楽に思うこともある」言うそばからに吾をママと呼ぶ

前作『コロナ禍の記憶』公刊。

あの年に世に家に何があったのか子に伝うべく付けし題名

四月

4月5日に大阪、兵庫、宮城で、12日には東京、京都、沖縄で重点措置（まん防）が適用される。その後も適用範囲は拡大されるが、感染者は増え続ける（東京では上旬からGWまでの間、五百人台から千人程度に増加傾向）。「まん防」は緊張感が欠けるとして使用に否定的な意見が公人から出る。

新学年の登校が始まる。近所に住む気の合う友達が出来たのは何よりである。

君はもう俺と登校しないのか十歩先ゆくランドセルくん

左手の小指を握り後ろ手に組むのは何ぞ?先をゆく子よ

昨晩のネトゲの戦果語る君、脇すり抜ける父に気づけよ

進級祝いに（?）春に母来る。

子を捨てし妻の焼きたるししゃも食み口ずさみたり“I was born”

※“I was born”は吉野弘から。

幾千の卵を包む皮となる魚の白目と焦がれたる口

憎しみも皮膜に染めば愛染で隔離期間を置けど消せない

I can't explain which is more seriousすべて緊急、公私の重点。

人流に息潜《ひそ》めつつ出勤すどこがゆるいか分からぬ魚《いお》と

通勤は窓近く立つまんぼう下腕と緊張つり上げながら

「緊張感」、無いのはあなたの方でしょう?·流れを抜けて、都庁を仰ぐ昨年から「ウィズ・コロナ」とか言うけれど五輪をやりたいがためでは？

今もって誰の希望かわからない人より疫と目指す共存

結局、ＧＷ直前の４月25日に、３回目の緊急事態宣言が４都府県を対象に発令（その後10都府県に拡大）。感染者数は年初ほどの数には達しないものの、オリンピックを前に抑制したい思惑も見えたり。

コンセント、Wi-Fiありのカフェ探す出社をしない出勤の朝どういう生活様式かわからないが連休中に母は去る。

「救済を受けられない」相性もある「余儀なくされた」わけでもないし

五月

緊急事態宣言の下、東京では1日の感染者数1、052人から漸減状態が続くも、国外に目を向けると、従来より感染力、死亡率の高い変異種、デルタ株がインドや英国などで広まってゆく。9日、内閣官房参与が、国内での感染者の状況を、ツイッターで「さざ波」と表現（その後24日に辞任）。

連休のそぞろ歩きの父の眼が逸らす「こどもの日」の横「母の日」

鯉のぼり皐月の風にひるがえれ黒と青と…赤も揚げよう

なでなれたはずのつむじを撫でんとしのばしたる手が宙をさまよう

飼い犬の声を真似してかなしこがなぞるハミングかつての母の

要するにひとりよがりが父の愛仮にそれをも愛と呼べれば

かなしこよやわらゆっくりのびてゆけ君の食みたるそはかしわもち

きみどりのわかばに古葉は覆われてひともとの木が諭す父子論

令和にもありける災害ディストピア但し生政治の長による

中旬、地方自治体の長が「医療従事者」と称してワクチンの優先接種を受けていたことが報じられる。

※「災害ディストピア」、「生政治」については、武田将明『100分de名著　デフォー「ペストの記憶」』を参照。

「さざ波」と言う人が出たあたりから破れる予感、漫然防止

六月

引き続き緊急事態宣言下、都内では二〜五百人台で推移。専門家からは五輪の開催に否定的発言が出る。

東京では一般向けワクチン接種券が自宅に届くように（都内でも市区によって到着時期にばらつきがあった）。

区政への評価が一夜に一変す役員連の最初に届けば

結婚式のふたりのように並びたる異なる名字役所の通知
住民票はいつ変えるのだろう。

封届き、Ｐかと開けてみてＰなりけりと無知は安堵す

※Ｐ社の方が副反応が軽いと言われていた。

区政への評価が一朝に一変すいずこの医院も予約済とて

そんな中での9歳の誕生日。

どこかまだ胎児の前の面持ちをしておるようだもちを喰む君

君はもう叱って泣いたりしないのか　それはいいけど注射で泣くな

コロナ下のファストな母子の面会は鎧装束、美少女アバター

他愛なく母には泣かされる君よ嗚咽をしまい寝床にゆこう

九歳児、今も寝顔は三歳児　寝息は四十路歯ぎしりは一時

6月20日、緊急事態宣言解除。重点措置に切り替えられるがまた感染者が増えていく。五輪重視の政府、都の姿勢が原因かは知らないが、人流の抑制が出来ない。世の人とは逆に子は外へ出たがらず、三年生も次第に欠席がちとなる。

やまぬ雨うつうつとして洗顔す梅雨に限ったことではないが

洗顔し鏡を見るや見出したり似ずと言われし父のまなざし

登校した日とて楽ではない。

五月雨にいとど重たきランドセルそを譲り受け君に阿る

すわり込む君を怒鳴った十秒後背負いし君の胸が汗ばむ

ぱぱの背が少し痩せたと言う君よ、心当たりが無いか？無いよな…

この丘を雲がよぎりて早も消ゆ　あめつちに子　あめつちの吾

雨雲は「あまぐも」と読み天地は「あめつち」と読むテストは「てんち」だ

息の子と言えば息子の寝息背に我は息継ぎありきし丘に

子と親の時の流れに遅速ありあらがってみて手をのばせども

さみだれはなみだに和してしとどふるなぐさめながらなぐさまれゆく

やわらかな掌《て》ではいよいよかたくなるしかと覚えよ、父の背の凝り言い聞かす「こころの持ちよう」もう一度幸と不幸は「こころの持ちよう」

Ⅱ　夏の祭典

２０２１年７月〜12月

七月

東京都の感染者が千人に近づく勢い。12日、4回目の緊急事態宣言。ワクチンの効果か、高齢者の感染者は減るものの、無症状のケースも多い比較的若い年齢層での感染者の増加。

五輪の無観客での開催が決定（死語と思っていた「バブル（泡）」なんて言葉が久しぶりに聞かれた）。しかしその後も感染者数は増え続け、千を超える日が続く中、23日の開催日を迎える。下旬には感染者が激増。

かなしこがかきなぐりたる短冊の「コロナなくなれ　コロナなくなれ」

沖つ辺ゆ敷波寄するウイルスにゲラサの豚と飛び込む人ら

四度目の宣《のり》の軽さに耐えられず浮かれるバブル見つつ沈みぬ

あなたには守ってもらいたくもなく要請内容読まぬ四度目

青空にせみのしぐれが降りやまぬいつもの夏に飛び込んでゆく

父子はあまり五輪に興味なく…淡々と夏休みを迎える

この父子はアウトドア派にあらざれど自粛日和の続く夏空

…つもりがこの年の夏は雨が多かった。

雨が降る君はひねもすネトゲするこういう夏も今年は興あり

海もなくとしまえんなどあるはずも　名にし負う後楽園も雨

午後八時また雨が降る街中に赤提灯を一つ灯して

唐突に母、来る。感染者が増えると感染リスクの高い人間がいないここに来るのだろうか。

石を蹴る　蹴ったその石どこへゆく誰の足元　別れし母の

額寄せ床にかがめる母と子の指の先なるジグソーの隙

なかなかに完成させせじとするように母子のジグソー、ピカソ「母子像」

汝が母のネトゲ廃人なる姿、幼心は崩しゆきつつ

忘れたか、母の仮面も九年間かぶって来たのを、この父が、子よ

八月

8日のオリンピック閉幕を迎えるまで、都内の感染者は三、四、五千と増加の一途（13日の5、908人がピーク）。全国では下旬に二万五千人台を記録。緊急事態宣言の効果が無い。無症状のケースも多い若年層への政府・自治体によるワクチンの奨励と、他方、若年層のワクチンへの不信感。予約が取りにくいのが原因、という声もあり、若者の街、渋谷に若者向け接種会場が開設される。

『夏の祭典』（ストラヴィンスキーにちなんで）

三や四、五銭と聞けど五厘さえ無観客、否、無関心かな

この頃に関心あるは父子《おやこ》のみ今日も我が家は無症状です

国民のために働くさりながら国民のため止めぬ内閣

開催のため呼び出されたまんぼうが開催時には危険退場

わだつみゆあがりしばかりの客人《まれびと》を泡に包みておもてなす国

バブル《うたかた》の夢の中なる「安全な大会」という共同幻想

古代より為政はまつりをするために民の命を犠牲《にえ》としにけり

為政者を批判するなどいけませんみんな真面目にまつりごってます

思い出すペトルーシュカが「人類のコロナに対する勝利の証」

※2021年1月の当時の菅首相の「打ち勝った証」の発言より

9日、IOC会長のバッハ氏が銀座に現れる（ちなみに選手はバブル（泡）方式のもと観光を禁じられていた）。

さざ波の泡より出でし小川さん、こちらは波を畏怖する国です

※「バッハ」はドイツ語で「小川」のこと。氏は日本を中国と誤認したことがあるとか。

日本人、知ッテイルデショ、ばぶるトウハカナキ夢ハッ、ハジケルノデス

銀ブラヲシテルグライガ何デスカ?他ニモ動イテイマス、金・銀

※残念ながら一年後、予感は当たった。

父の夏は職域接種（1回目）。選択の余地なくM社の方を接種することに。

鈍感と過敏と二種の人がいてMの私はたぶん後者か

「職域」のはずを迷いの道行に久闊叙する職場の面々

「職域」で初めて会った新人に案内されて至る会場

ワクチンの順番待ちの後方にいらいらしつつ安堵して正午《ひる》

ワクチン接種者から感染《うつ》るというデマも。

人流の末の松山波越えてあり得もしない噂におびゆ

いよいよの時はかるーく済まされる　医師の一瞥「体調いいね？」

そんなにはよくもないがとついひとりごたんとするや早うも射たれ

射たるるやすなわち「接種済み」として俘囚のごとく隔離されゆく

真夏日にビール乾《ほ》すよな声量は早も陽性隔離人《ポジティブ》たち

左右よりワクチン談論風発も法曹として遵守、　黙食

黙食ははや一年の慣いにて別に二人は気まずいんじゃない

若者の街渋谷にて行列を　とかく都知事は密を好くめり

諭すべく巨大画面に現れし都知事を無観客の人々

夏休み中家でゲームというわけにはいかないので、塾の夏期講習に通わせる。最終日はテスト。

渦をなす毛髪星雲その奥ゆ答え出るらしぐしゃぐしゃすると

理科に弱い父持ちたればもろともにいずれ高まる反発係数

解答をお口の中で反芻す君のマスクの蛇腹の蠕動

真夏日の光が丘の半裸児は父の見上げる大樹ともなれ

繭籠もる妻立ち退かぬ家に居て父子のふたりの避暑に旅立つ

夏休み…長かったはずなんだけど　今年も灯す線香花火

「今年こそ延びますように、夏休み」今年は叶いそうな気もする

この年の八月最後も雨だった最後も雨か…やはりさびしい

最後まで取って置くから夏休みほこりを払いいざや宿題

ウイルスは次々変異してゆけど民もお上も変わらない夏

雨の中今しばし啼けひぐらしよ明日にまわす絵日記の絵

宿題をひとつあまして夜は更けて「明日はいきたくない気がするんだ」

鼓膜から五体の先へとよみゆく吾子の歯軋り八月尽——

結局、この年も夏休みは延びざりき。

九月

先月下旬の五千人台から急速に感染者数が減少。東京都では9月30日には２１９人まで減る。

夏休み明け初日から登校せず。

おのこ子を泣いて引きずる母もありあすはあの手を使ってみよう

「学校に行かなきゃいけない」「わかってる」父はいまいちわからないけど

3日、菅総理（当時）、29日実施の自民党総裁選に出馬しない意向を表明。

引き際は思ったよりも高得点　人の流れは放置のままに

欠席が多いせいか学友とともに登校しなくなる。子離れ出来ぬ父親としては複雑な心境である。

「学校が少し楽しくなって来た」そう言う朝の欠席希望

「早く行けば却って心は軽くなる」君は心の機微を見つけた

校門の開門前のひとだかり心のかろさ求むる子の数

いつの間にか我が細指に似て来たな登校時だけ繋いでくれる

この朝は悶々としてくぐる門小さな心が門に悶える

そして週末に塾のテストが入ることが多くなってくると
なおさら月曜は欠席しがちである。

父親といつまで遊んでくれるのか長き答えを探す検索

自分、今年は年男だったっけ。

丑年の我が特技なり反芻はいくたびと嚙む吾子の面影

夕まぐれさびしとうったう日曜をさびしませしまま終えてしまいぬ

一週を（月）から始める人達に馴染めぬままの日曜の夜

月曜の朝の寝息はやや荒くためらいながら…も少し寝かす

父とても月曜朝は息だわし腕は細るを重荷は増えて

この月の末日をもって全国の緊急事態宣言と重点措置が
解除される。

十月

先月からの減少、と言うより急減傾向が続く。東京都は１日の１９６人から末には21人まで減る。ワクチンの普及、あるいはウイルスの自壊などさまざまな原因がとなえられたが。

14日、衆議院解散。

あれはみな何を喜ぶ人たちか、問われても黙《もだ》、しかる後、鬱

あらためて眺めてみれば鬱陶し、病禍、政治家、そして万歳

万歳はささやかなほどしたわしい例えばうちで祝った喰い初め

「ニッポン」が無意味に強く聞こゆれば吾は「にほん」を通し来にけり

月末、職域接種にて2回目の接種。2回目の方が副反応が重い（特に若者）ことが通例。

昔からマニュアル通りが性なればマニュアル通り副反応す

副ならぬ主役級なる反応を喜んでおく余裕はなかった

自壊するウイルスに右往左往して一年半の徒労を自嘲す

木枯らしに吹かれてみたし十月尽疫はやめどもやまいだれの日

十一月

感染者数は減少したまま。東京都は一ケタの日も6日を数えた。欧州では再拡大というニュースが報じられるも、国内ではこのまま終息する期待を持つが、この月末日、国内で初めてオミクロン株の感染者が発見される。

仕事面では春以降の不祥事処理の中、代表就任。出勤す
る暇すらなく在宅勤務の日々。

代表の座には着いたがその椅子に座られもせで在宅渦中

“Be connected《ツナガレ》”、と不思議な呪文かけられて今日も私が繋がれてゆく

我見ずに我を見つめる眼が数多…入室前に画面オフとす

どうしてもあいそ笑いをしてしまい奴との会議画面オフとす

名を名乗り顔を出す人、この人と私はきっと通信障害

どうしてもオンに出来ない方以外顔を出してと言われオフとす

その訳は人ごと色々なんだろうマイノリティーの画面オフ人

げに我はオンに出来ない場所にあり真昼は別の顔をしてるし

自宅にて人と繋がる苦痛あり自宅をぼかす会社代表

コロナ下に得たる仮面《マスク》は多々あれど息ざしひとつ吐《つ》かれざる日々

父親は一体どこへ行くのだろう？人にはくらしが二つあるのさ

ママがよくいなくなっていたようにパパにもやはりB面がある

Ｂ面をかけっぱなしで帰宅して、ああ、夕飯を買うの忘れた

「愛する」の主語も述語も曖昧な国にしあればあまた吾《あ》が愛

コロナ下の「蓼喰う虫」の私たち幼虫《おさな》は糖分過多と見えつつ

元妻との金銭交渉が終わる。しかし、自活できないのでとどまり続ける。退去とクレジットカードの返却を支払の条件として離婚後の同居が続く。相変わらず朝は寝ているが、それでも就職活動しているらしい。「シーセッションヨン（女性不況）」という言葉も白書に現れた年だった。

代表の肩書新たに加われど実は増えざれど分与を増やす

年を経てやっぱり書《ふみ》を成しはせず言い残すまま「合意」書などは

一流は自分の事件処理は二流、かつて言いける離婚弁護士

十二月

当初は先月の状況が続き、２年ぶりに年末年始は元の生活が出来るかという期待感。

しかし、東京、大阪などでオミクロンの市中感染が見られるように。下旬から上昇傾向となるものの、ワクチンを済ませたこともあってか、数十人というレベルでは危機感がわかない自分がいる。

抜いてみた回線の先の突起から会議の声が今も漏れ出《で》ず

我が家にて張り巡らせたワイヤーに絡みつかれて脱け出た会議

鞄にも誰か潜んでいるらしくいつもからまるコード、イヤホン

ミュートする。画面はオフに。開栓の音響く部屋　ノンアルだがね

刹那にも家にて私が欲しいのは私と息子、ふたりの孤独

「先生」と呼ばれいつしか二十年走りはせねど混線の日々

家の給湯器が壊れてもなかなか修理にも来ない。

十年も経てば新居もガタが来る別れたのちの三人《みたり》の銭湯

あわれあわれ、病禍二年目果つる夜この家の戸をかたく注連たり

Ⅲ　流離えど

２０２２年１月〜６月

一月

コロナ禍の発生から2年。

新たな変異株、オミクロンによる第六波。1月に入って感染者が急増。9日には沖縄などでまん延防止等重点措置が適用される（27日には34都道府県に拡大される）。22日には東京での感染者が一万人を超え、11、217人（全国でも五万人超）となる。

前年から3回目のワクチン接種（ブースター接種）の有効性が喧伝されていたが、逆に言うと2回のワクチンでは変異株がブレークスルーすることが明らかに。

赫奕と日は雪原をつらぬいてあきらけくこそ二〇二二

疫神のなおあかずらし第六波年があけても心があけぬ

ひとりにて踏まねばならぬしもばしらいかしき音に地まで踏まれず

仕事始めからしばらくして昨年来の不祥事を理由とする
当局検査が始まる。

二回目で安堵すること三か月漕ぎ出ずる先に六度目の波

二年ほどひたすら検査してきたが久々に観る『半沢直樹』

二月

オミクロンの猛威が続く。2日には東京の新規感染者数が二万を超える（全国では九万人超）。その後、全国での感染者数はついに十万人を超える。4日、冬季オリンピックが北京にて開幕。24日（赤口）、プーチン大統領、ウクライナへの侵攻について演説。

Putin the Terrible

プーチン雷帝静けき面持ちに赤口のみが動く宣戦

ひと知れずみなひとわかっていたけれどやはりワクチンよりも軍拡

※ロシア製ワクチンはロシア国民からの信用度が低かった。

このような平和利用ぞありにけるチェルノブイリを侵略軍占む

国の名は「国」と「辺土」を意味すとう無論後者は侵略者より

Ukrainian《その国の》《辺境の》青人草をみどり子も焼きつ燃しつ　露なる魯
この国は魯にあらずとて変えしかど今こそそれを露にしたれ

協議とは眼と眼を合わせするものを何故か背後に核が見えてる

永遠の名作あまたの国なるを何故為政者は文を使えぬ

文豪の帰属争う日々ありき十五年後の『死せる魂』

「最悪の殺戮」まで絶句してこの下の句は意図的に無し

「抑止力」?・フェイクの国と知りつつも騙されたふり続けた国は

声高に「九条、九条」言うけれど久々読むに脆き構造

この歌が彼の地に届かないにせよ人の体温よりも熱かれ

凍るピアノ　西と東へ流離えど共に叩きしキエフ大門

※いずれもウクライナ出身ながら、西側を中心に活躍したホロヴィッツ、ソ連を代表するピアニストとして主として東側で活動したリヒテル、置かれた状況は異なれどともに終曲を「キエフの大門」とする『展覧会の絵』に歴史的名盤を残しし彼らのピアニズムは録音から半世紀以上経た今も「液化」せざればとて。

三月

都内ではなお一万人前後の感染者数が続く中、21日に18都道府県に適用されていたまん延防止等重点措置が全国で解除される。

前月以降、独裁者による侵略は続き、ウクライナ産の小麦が輸出できない影響などによる物価の上昇が報道される。31日、外務省がウクライナの首都の呼称を「キエフ」から「キーウ」に変更する旨、公表。

世に背くプーシキンあり世を写すゴーゴリもあり黒煙の中

無情にも告ぐべきことは多々ありて路上に開くマリウポリの口

おそらくはウクライナ語を呟いてくり抜かれたる地の石は動かず

あの人の泣いてる言葉がわからないわかってもなすべきはわからじ

蒼天と向日葵に成るかんなびに黒煙を吐く蒼ざめた馬

※「蒼ざめた馬」についてはウクライナに生まれ、ロシアのテロリストであったボリス・サヴィンコフ（筆名、ロープシン）の作品、とりわけ「この馬が一歩踏み出すや、その場所では草が萎え、草の萎えた所、そこには生命はない。」（工藤正廣訳）のくだりを参照。

穀物が黒海ほとりの穀倉に空を見ぬまま半旗を掲ぐ

※ウクライナ国旗の上部は空の水色、下半分はひまわりまたは小麦の黄色。

ひまわりよ国旗のごとく咲き誇れおまえの空の青が澄むよう

烏克蘭《ウクライナ、》　汝乃物陀《おまえのものだ、》　蒼天者《あおぞらは。》　地尓翻流《ちにひるがえる》　金乃穂浪裳《きんのほなみも》

ここもかつて特攻隊の基地なりき光と風のあふるる丘は

「戦争」がどうして物価を上げるのか?まず教えよう、これは「侵略」

「ソ連」とは「ロシア」のことと都度都度に言わねばならぬその違いをも

浴室の壁に貼りたる地図の上の「キエフ」を指して「キーウ」のゆえ説く

語り継ぐ　街の呼び名は変われどもキエフの歴史、キーウの未来

四月

最初の緊急事態宣言から2年が経過。2年前は4月5日が141人、6、7日が80人程の感染者という状況で発出された(2022年4月7日の都内の感染者数は8、750人)。2年前には想像も出来なかった感染者数だが、3年ぶりに花見を楽しむための人出が報道された。

なお、改正民法が施行され、成年は18歳に。

個人的には3回目のワクチンを接種。

近所のスーパーもすっかりセルフレジが主流となり、バーコードに悪戦苦闘…

我が家でのセルフはとうに慣れしかどレジになかなか馴らされぬ日々

代数と幾何とが得手の我なりき線と数字のいずれが読めぬ？

五キロ増え、十キロ減った二年間一キロごとに思い当たるふし

制限の無いGWだが。

連休を外出しない女《ひと》たちの父子が思わぬ過ぐし方あり

草枕旅より帰る父子が見つ枕と見えしけだし包帯

新しい顔が新たな人生にあんべしというああ荒魂の母

まなかいの母の笑まいを忘るれば笑み忘れたる父子のおんじき

君の頬、鼻にもしるくあることを気付いているか?かつての母が

つぶらな目、そこだけ俺に似たけれど君のすべてがいとしかりけり

※もっとも包帯が取れた後、何が変わったのか男二人にはわからず。

柔肌はあなたのものではあるけれど蚯蚓腫れ見ぬために目を閉ず

まぐわいは目合わすことと聞きしかど目をそらしつつ為せるものなり

貴女たち、愛した箇所だけ変えて来て、私の愛は下手なんでしょうか

おんな二人おんなじ美容外科院の椅子に座るを想像してみつ

五月

概ね二千から四千の間での推移ではあるが、感染者数が減少していく。高水準の人数ではあるものの、2年以上続く不自由な生活に、自粛意識も薄れがちな世相。反面、20日には政府が屋外では原則マスク不要との方針を発表しても外すことには抵抗がある人々。

今年でドラゴンクエストウォーク3周年。息子と元妻も
GWに始める。

「フレンド」になりなと吾子のしつこくて受けもしかねて妻の申請

戦闘にあなたのアバター闖入し勝手にハート♥残し去り行く

「ともだちでいましょう」ってのと違うけどアバターたちはフレンドリーかな

※今では「フレンド」と言わず、「フォロー」、「フォロワー」になりました。

宗教を持たない民が棄てられぬそもそも義務か半端なる巾《きん》

27日、岩国の祖母が白寿にて長逝。コロナ禍前の2019年夏を最後に会うことがなかった。当局の検査中では、葬儀に出席することもかなわず。

四十年遺影を守り唯一人曾孫見届け九十九髪はも

白妙の襯衣射干玉の襟締《ネクタイ》を装う夜のともしき記憶

世の中が3年ぶりに会う中により遠き世の人に合わす掌

長《とこ》しえに硬き巌《いわお》の国なれば蛇は媼は白くなるらし

※2019年夏には子を連れて白蛇見学に行きしとて。

錦帯橋に寄せて

反《そ》りをゆくそれが「返」るということと五連の反りの先のあの日へ

言の葉は距離をも世をも越えるから岩国弁で会話する父子

六月

都内では先月から微妙に減少する感染者数。

年明けから円安傾向にあったが、輸入品の価格上昇による物価高。8日、当時の日銀総裁が「家計が値上げを許容している…」と発言。13日には1ドル＝135円と24年ぶりの円安水準（10月には150円台まで進む）。

ロシアによる侵攻は続き、20日にはウクライナ高官が、幼児も含め住民120万人がロシアに強制連行された旨の発言。

不安な世相の中にも喜びはある…

十歳は半成人と言うなれば半ば知るらし大人の事情

半成人今もゆたけき頬なれば今日よりマスクは大人用S

内側にチョコのアイスのあとあれば君のマスクはこっちなるらし

かなしこのα世代語に杳《くら》みつつ１２０％全肯定父

十にしてねびたがらない君だからおぶってみせよう50キロの君

稚児の日々とくまた可笑しく過ぎにたりスマホ写真をフリック、スワイプ十年《ととせ》前あけゆくはしき夏の空君が痛めし母の――「陣」って？

バースデーなんかカノンに似ているな泣いて生まれて、あとは笑って

無邪気から天邪鬼へと進化した五月雨の季を十度《とたび》へ廻り

ぽつぽつと五句を置くしか出来ないがことほぎゆこう、君の誕生

形あるものをねだってくれないか　あげられたのか安からぬ課金

出来るなら十年前に還りたい　頼もしいなあ、十歳の君！

二つほど下げられたりし成年の半成人は去年だったの？

ウィズ・コロナのもと、職場での仕事を促す会社もあれば、逆にＮＴＴのように居住地自由、原則テレワークを打ち出す会社も。テレワークの普及により地方に移住する人が増えているなんて話もよく聞こえ…

平日の地元のランチの穴場などついに分かった日の出社義務

三年は新たなる密つくりたり出社拒否気味会社代表

三年間色々痛んで来た身です通勤電車は痛緊します

子を抱き移住せまほしき時もありかつて旅したアレフガルドへ

※淡路島のオノコガルドには何回か行きました。

Ⅳ　見出された時

２０２２年７月～２０２３年２月

七月

オミクロンから派生したBA.5型により感染者数が再び増加し、第七波を形成する。

都内の感染者数は1日の三千五百人から始まり、21日には三万人、28日には四万人を超える（全国では下旬に二十万人台を記録する）。それでも行動制限の無い暑い夏。またしても病床のひっ迫、搬送困難が報じられるも、重症化率が低いことや、経済優先のためか、宣言も重点措置も発令されない。

また、8月にかけて記録的な猛暑の中、「3年ぶり」のイベント、行事が多数行われる。

あやまれどあやまれどなおあやまりを認めぬ国と忘るる国民

この夏もなじょう他人事日本人魯西亜は近し、お隣の国

8日、安倍元首相銃撃事件。

遠い血のあなたがくれたマスクです棚奥深く眠らせてます

暑い夏に受け取る当局の検査結果は最悪の行政処分。

「わたくし」が何かしたではないけれど不肖わたくし幾度詫びたる

代表は不祥事もまた代表し頭を曝すだけは慣れたり

ポロポロとこぼしたパンの屑屑が空に浮かんであぁ夏が来た

夏休みがやって来た。

さわやかな夏を感じてよいのかとつい気にするが　さはれ、夏空

コロナ禍の前はちっとも公園について来なかった人だったが…

この夏は鳴り物よしと言うなればみたりの野球にしとど鳴くセミ

母のみが触れしことなきバットとて一番バッター、君だ。元妻

どう握りどう振るのかも知らぬママ仮借なき子のビーンボールは…

元妻のゆるい棒球容赦なく夏の空へとひっぱたく夏

ホームラン青空高く飛んでゆけ返ることなき楕円軌道よ

ぷよぷよのボールの野球も最後かなさよならさえもゆるい家族の

帰ろうか、みなばらばらのみたりだが、今いる家はおんなじなれば

あわいには子が来べしとの法ありて子をなからいに妻と問答

「またやろう」頷いたっていいだろう子を裏切ってばかりの夏は

八月

第7波の真っ只中に迎えた8月。上旬は感染者が三万人を超える日も多かったが、やがて減少傾向に。それでも感染者数が比較的少なくなりがちな月曜の29日を除いて一万人超のまま。全国的には上旬に二十五万人前後となり、中旬には二十六万人台まで増加。夏休みも残り少なくなってから次第に減少する。

個人的には当局への報告書の提出のため、夏季休暇も取れない夏。

うつしよのことのはすべていとわしく滅びし文字に文《あや》なくひかる

中旬、歌人の方からの紹介で現代美術家田窪恭治氏の作品『黄金の林檎』２点を購入。

不労かつ不老と見えるあなたにはふさわしきかも黄金《こがね》の林檎

あやまちはわかつことでも消えないが黄金《くがね》のたまも君とわけあう

昨年の夏もストラヴィンスキー作品にちなんだが。

火の鳥が現れ石の三人を元に戻して大団円…とは

人知れず皆人知っていたけれどやはり人流前に金流

17日、五輪組織委の元理事、受託収賄の容疑で逮捕の報道。

組織委の組織立ちたる裏側の全部や出ずる臀部の出来もの

今年も夏期講習にも付き合うが。

分数の割り算などは細《こま》すぎる分からでよしと割り切れぬ我

この夏も積んだ経験ヴァーチャルの夜空にあがれスライム花火

※ドラゴンクエストウォークの空に花火があがる間、経験値がアップします。

花火などもうしないとう君の言それは幼《おさな》の反語だろうか

昨年の花火の残りをどうしよう湿っているのは人間のみを

線香に願ってみようとすることももうありはせぬ黙《もだ》したる願

和太鼓にもう囃される胸が無い　感染《うつ》りはせねどうつろいの夏

境内の祭りに続く石段で君の浴衣のひもを結びき

子の前で幾度醜態を演じるのだろう。

この家にGは絶対ないというあなたの語気と分かり合えない

別れても我が信用と扶養とで生きる他人と繰り返す修羅

業深し　怒りのさなか見ていてもつい元妻をいとしと見る業

動かない　動けないのかかなしこよかつてのように味方してくれ

息子とは自分の心のはずなのにどうして君が吾におののく

親に似てこれもおそろしき心あらん　ちちよちちよとはかなげになく

※敢えて『枕草子』そのままとす。

炎天にジーンズ二本干しにたり昨夜の妻の涙の跡も

結婚と離婚はさほど異ならず盛夏もふたり汗を流す家

昨夜《きぞ》流し合った涙がたちのぼり今夜は雨と火宅を鎮む

かくてまた吾子を期待させてしまう雨にすぐ止むボヤだったのかと

半成人は分裂すべき家があることも知っている。

「ゲーム中あの子がパパや兄さんに叩かれる音聞こえてた」とや

てくてくと日傘にあゆむ妻の背はああ、迂闊にもいとしかりけり

駆け寄るかやり過ごすかと迷いつつ歩きスマホで追い越してみた

俺の背は妹《いも》に我が背と告げぬらしかえりみすれど蟬しぐれのみ

六法に確たる定義あらざれば同居の別れもあっていいかと

別れには愛と同じく幾つもの定義あるらしこれはどちらか

元妻の元を付けたり消したりの歌よみ続く元夫、我

在宅のパパの眼つきが恐すぎる　仕事ゆえよの一言が出《で》ず

人間で一番好きなのはパパと言わなくなった猛暑日の雨

この疫が死病と言われていた頃は君とはるかに密にありけり

かなしさはさびしさいくつ重なりてむずがるうなじかきなずを謂う

夏の雲秋の空へと溶けてゆきコロナ三度目夏が終わった

八月尽　吾子の背中のうらがなしかなかなの声日がな一日

絵日記に多々あらわるる「父」の字が目じりを下げて君つつむめり

「父」の下、かすれながらも見えてくる「パ」の字は何を言い残したか

「父」と書く吾子の辛さをはかりかね今日は甘口ルウを多くす

なにがなし甘口カレーがほろにがし苔むす舌がほどかれてゆく

「お父さん」、我にも呼びし日々ありき　思い出すかな、チェルシーなめたら

コロナ前母に似たりきこの頃は父と同じき風邪の症状

九月

月を通して減少傾向も一万人程度から四、五千人へという、依然として高い水準。それ以上に学校が始まることが父子ともに苦痛でしかない。

無論、初日から学校へ行けない、行かないのやり取り。翌日からは登校するも、さらに欠席がちの二学期に。

おのこごの未来はしだりおながながしそう言い聞かせ今日も休ます

欠席の理由をすべて使い果たし口籠れどもむしろ流さる

学校を休んだ日にも塾は行け人目を避ける誰《た》そ彼《がれ》親子

ストレス性捻転起こした大腸の渦巻くがごと二学期の空

猛暑日に季節外れと札貼られみじろぎもせぬ線香花火

君とふたり願いし日々は今いずこともるまなうら線香花火

さて、行政処分の後には社内処分がつきもので。

機密性高き役員処分案上司と同僚、我のを草す

※「代表」にも海外の上司がいるのが外資系。

英語にも敬語があれば苦吟する上の上から上への譴責

減俸は人事の通知を受けるべう己の案をすべてうべなう

上に冠する「報酬を自主返上」不遜に普段通りの我が名

妻なのか別れたのかも知らんけど今日はいるみたいだ　知らんけど

関西弁が東京で流行語に。使い方も知らんけど。

広からぬ自宅廊下に他人様のスマホゾンビとニアミスの怪

14日、WHOのテドロス事務局長が世界的な感染状況について「終わりが見えた」と発言。

グラフ見て終わりを見たんか知らんけどなお読み難きバーコードの日々

十月

減少傾向が継続し、おおむね二千から四千台の日。全国旅行割開始。円安で海外からの観光客も目立つように。前年も10月以降、不可解なほど感染者が急減したが、その後オミクロン株により急増したため、この年も減少を素直に喜べない。

職が見つかったんだとか。よかったじゃないですか。

このところ育たぬママのアバターが固まったまま語る独立

あの人が住民票を変えたのか父子のみ宛てた役所の通知

諦めは明らむことと因果にて今更探る元妻の罪

これがほんとに最後の家族旅行。

あなたにも母という夢があることを知る草枕、朝の月影

どこもかも無理にくっ付く私たち妻と最後のパピコを分け合う

みどりごの泣き声染《し》みたる家を出ていずこへ行こうと言うのか妻よ

言いたいも言わなければもあるはずが口から出るは「マスク持った？」か

そしてまたふたりの日々となり。

「おかえり」を言うのも親の義務なれば波は引けども在宅の父

たらちねのママが家にはいなくても今日から鍵は二つ鎖《さ》して寝《ぬ》

週末はプチ家出した人だったなのに空虚な土曜日の朝

「悲母」と書き「かなしも」とよむ寧楽人の言之葉尓似而吾歌悲母

「孤悲」と書き「こい」としもよむ寧楽人の声《こえ》尓《に》曾《ぞ》似《に》而《た》有《る》悲《かなし》孤《こ》乃《の》歌《うた》

僅か3 pieces の puzzle なりきどうにも目立つワンピースの欠け

父子ふたりふかきねぶりに変若《おち》めやもむ抱きつく吾子かきむ抱きて寝

別れれば別れる理由がなくなって別れの前の若き日の夢

週末の子供は塾のテストで父はやることがなく。
家にいて取り残されるに堪えられでひとりありけり光が丘を

うんていの「うん」って運じゃないんだな今なら雲に届く君だが

君の名を大樹にしようと思ってた結局ママに譲ったけれど

ひもすがらふたりでかけた草原を今は遠目に歩く秋晴れ

我が投げに転がされたるかなしこが死んだふりして笑った草原

大人だが君と歩きし道の端大人のくせにサメに食われた

父子ふたり踏めばおかしき枯葉道その独奏は哀しかりけり

かぐわしいひとりでかげば　ふたりして踏んづけ合ったぎんなんの実が

子と越えし土手とか丘とか柵だとかひとりに低くスルーする今日

何故俺はひとりで歩いているんだろう小《ち》さき歩幅に合わせたままで

ひとりでは用をなさない「ノ《へつ》」である程《ほど》離《か》れてゆく人型の雲

大人だがちょっくらやって見せましょう君の出来ない逆上がりをさ！

逆上がり三回ばかりしてみたら三年前に戻れないかな

さびしさに少し明るい日が射してアマデウスならK．５９５

あの頃の君が大好きだったパンふたつ携え迎えにゆこう

地の上に見つけ出された時々が言の葉として天《あめ》に溶けゆく

感傷に溺るるうちに正午《ひる》近し君を迎えに塾に駆け出す

パンを食みくるくる回るかなしこはメロンパンにて若返るめり

そよ君も遊びをせんとや生まれけん　ゆるがぬように縛ったけれど

あは母にあんべかんめりと言う君よ母きかましかばお怒らましょ

「ぼんやりのママがなんだか心配だ」君もこの頃どうしたのかな

顔色を見るが慣《なら》いのこの父がわからぬものか秋の浮雲

十一月

案の定、この月から増加傾向。半ばにはまた都内の感染者が一万を超える。年末を控えて第八波の形成が恐れられる。下旬には一万から一万五千程度に。忘年会をするのかしないのか、するとして時期を早めるのか。一昨年に比べれば平和な議論と言うべきだろうか。

第八波襲って来ると言いつつもあなたも波となりに飛び込む

いつ明くと誰にも知れぬ物忌みを誰も守らぬ二〇二一

学校の3年ぶりの音楽会。ただしマスクは着用のまま。

参観に三年間を経たりけりハンディカムの眩しげなる眼

木琴を三年前も打ちし君　重なる動き重ならぬ丈《たけ》

母親が遅れて到着。

家出ても朝寝するらし母親はラスボスらしくついに降臨

左見右見《とみこうみ》、両親《ふたおや》あるを気付いたか歌いながらの右顧左眄くん

君たちはどう生きるだろう——ものごころつくころ口を塞がれたまま

もうちっと隣に寄ったらええやんかそんなんやってもあかんのやろか

新しい日常ならぬ筒井筒ないはずもなしマスク越しにも

あの頃とおんなじ笑いほころばせ君が知らない君の大きさ

君はもう大きいもんなあ小人の俺がどうこう言うこともない

どうしてもこの三年が去来する今はこの歌に合わせたくとも

人生の副反応や副作用、必要なのか。問い詰める歌

身の丈がもう変わらなくなりにけり先行く母子と違う道取る

十二月

やはり襲い来る第八波。中旬には一万五千を、下旬には二万を超える。死者数は過去最高を連日報じるも、春以降、行動制限の無いことに慣れた世の中。

師走とは散り遅れたるもみじ葉の今更風にもがく月とや

ひととせをそがれはてたる冬枯れのうしないたるは葉のみにあらず

君はもう握らせようとしないからひとり悴《かじか》む朝のてのひら

本日の天気のことや世相など話してみつつ出社、登校

二〇二三年一月

国内でのコロナ禍の発生から3年。年末年始の人出はコロナ禍前の水準。他方、第八波での死者数の増加が報じられる。

今年も年明けは雪国で迎える。

年明けの朱《あけ》の寝顔に飽かぬとて私の孤悲が飛び立ちかねつ

一切の夾雑物なき明けの空あらためたいこと何一つない

父と子が、ここでまみえて七年目。限りと挑め、この雪合戦。

父と子の俺とお前の正月もあと幾年かしるこ万歳

※「しるこ万歳」は太宰治『如是我聞』参照（岩波文庫では「万歳」と表記）。

通勤の列車が遅れがちとなり3年ぶりの不安は安い

通勤もほとんどコロナ前と変わらない。マスクは皆したままだけど。物価はどんどん上がるけど。

二月

ロシアによるウクライナ侵略開始から1年。感染者は減少、来月からはマスクの着用も「個人の判断」になるそうだ。

しらうめの咲けりとしらず迷い入りかろうしてしる春のおとずれ

酒をめで花をまなでし寧楽人よ私はあなたになれそうにない

この頃のスマホは出来のよろしうて勝手に呼び出す三人《みたり》の写真

何故かしら言うきっかけがわからないそろそろカード返しましょうよ

三年間わからないことばかりだが吾《われ》者《は》一個《いつこ》乃《の》春《はる》尓《に》志《し》山嵐《あらし》

もうじきにさくらの花が咲くだろう入学式にみたりまもりし

さっきから目をこすりたりこの年はいとど劇しき花粉のゆえに

この日ごろ立ちくらむこと多くして我が血もて書く歌書とは書けず

幾年も芽吹くべきもの愛ぐしとておのがめぐりに見出さるる詩

エピローグ

なお、その後、主人公の元妻は、自主的にクレジットカードを返還し、主人公は追加での財産分与の支払を終えたということである。ただ、その後も、元妻は息子の家に足繁く訪れているが、主人公は愉快ではないにせよ拒むでもないらしい。あまつさえ、三人で雪の残る地にでも行ったのだろうか、こんな短歌が彼から届いた。

雪に身を半ばうずめた人に手を。時節を過ぎてすることもあり

解説　見えない鬼を鎮める

武田将明

疫病は古来、和歌に詠まれてきた。天平八（西暦七三六）年六月、新羅に派遣された使節団を天然痘と思われる疫病が襲い、その一員だった雪宅満《ゆきのやかまろ》は往路の途中、壱岐島で病没する。この宅満に捧げる挽歌が『万葉集』第十五巻に収められている。[1] 併せて長歌三首と反歌（短歌）六首を数え、宅満の客死が使節団に与えた哀惜の念の強さを思わせる。そこから二首を引く。

世間《よのなか》は常かくのみと別れぬる君にやもとな吾《あ》が恋ひ行かむ
はしけやし妻も子どもも高高《たかだか》に待つらむ君や島隠《がく》れぬる

一九八〇年にWHOによって根絶が宣言され、もはや過去の感染症となった天然痘であるが、天平時代には恐るべき死病だった。品田悦一によれば、天平七年から九年にかけての天然痘大流行において、「当時の日本の全人口の、多く見積もれば三分の一、少なく見積もっても四分の一が失われた」と言われている。[2] 病魔がもたらす死は、それが故郷で帰りを待ち焦がれる妻と子どもを置き去りにした、寂しく無残なものであろうとも、「常かくのみ」と受け容れるしかなかった。疫病は人間が戦ったり、克服するような相手ではなく、ひたすら惧れ、祈るべき対象であった。一連の宅満への挽歌の冒頭には、次の詞書が見られる――「壱岐《いき》の島に到りて、雪連宅満《ゆきのむらじやかまろ》の忽《たちま》ちに鬼病《かみのやまひ》に遇《あ》ひて死去《みまか》りし時に作れる歌」。かつて疫病とは「鬼病」すなわち鬼神が下す死の宣告だった。これは日本だけの話ではなく、西洋においても、中世から近代初期にかけて、多くの犠牲者をもたらした

注

1 『万葉集』所収の疫病に関する和歌については、ロバート・キャンベル編著『日本古典と感染症』（角川文庫、二〇二一）所収の品田悦一「『万葉集』と天平の天然痘大流行」を参照した。『万葉集』からの引用は、中西進編纂の講談社文庫版第三巻（一九八一）に拠る。『日本古典と感染症』には、他にも岡田貴憲「平安時代物語・日記文学と感染症――虚構による「神業」の昇華」など、興味深い論考が並ぶ。岡田によれば、『和泉式部日記』の冒頭で、「女」こと和泉式部は恋人の為尊親王と死別した悲しみに耽っているが、この為尊親王の死因は疫病とされている。他にも、『更級日記』、『栄花物語』など、さまざまな平安朝の文学において、疫病は暗い影を落としているという。

2 品田、前掲論文。

「黒死病」ことペストは、しばしば死神の姿で描かれている。

神が死に、鬼が忘れられた二十世紀にも、疫病は不吉で不条理なものとして人類に立ちふさがった。なかでも、一九一八年から二〇年にかけて「スペイン風邪」と呼ばれる新型インフルエンザの大流行があり、全世界で四千万から一億もの人命が失われたとされる。その記憶も手伝ってか、一九四七年に刊行されたカミュの『ペスト』は、アルジェリアの町をペストが襲うという架空の設定により、極限状況に置かれた人間の諸相（暗にナチス・ドイツ占領下のフランスを描いたとされる）を印象深く描出できた。二〇二〇年から世界を席捲した新型コロナウイルスの流行初期において、同書が空前の売れ行きを示したことは言うまでもない。

もっとも、なぜカミュは直近の記憶のあるインフルエンザ（スペイン風邪）ではなく、十九世紀末に病原菌が特定され、（決して脅威が消えたとは言えないものの）有効な治療法も見つかっていたペストを選んだのか。その理由のひとつとして考えられるのは、ペストとスペイン風邪の致死率（罹患した者の死亡する割合）の違いだろう。様々な説があるものの、適切な治療をしない場合のペストの致死率は30％とも60％とも言われるのに対し、スペイン風邪の致死率は2～3％と考えられている。[3] なお、天然痘の致死率も（もちろん有効な治療がない状態では）20〜50％とされ、ペストに劣らぬ高い数値を示している。ペストや天然痘に比して、インフルエンザ（スペイン風邪）は文学作品にするには不吉なイメージが足りないのかもしれない。これに関連して、二〇一九年に（奇しくも新型コロナウイルス感染症の流行に先んじて）刊行された、エリザベス・アウトカの『ウイルス的モダニズム——インフルエンザ・パンデミックと戦間期の文学』という研究書（Elizabeth Outka, *Viral Modernism: The Influenza Pandemic and Interwar Literature*. Columbia University Press）では、なぜスペイン風邪が戦間期の英米文学であまり扱われなかったのかを問うことからはじめ、実は暗黙の前提として、パンデミックの与える不安と恐怖がこの時期の文学作品を支配していたことを論証して話題になった。

直接の表現ではないが、スペイン風邪の蔓延と無縁ではないと思われる最近の作品とし

注——

3　このスペイン風邪の致死率は、ＷＨＯの資料（https://apps.who.int/gb/ebwha/pdf_files/WHA64/A64_10-en.pdf）に基づいている。中には2.5〜10％の致死率を主張する人もいる（https://www.latimes.com/science/story/2020-03-06/why-this-coronavirus-likely-wont-be-as-bad-as-the-1918-pandemic-flu）。現在のインフルエンザの致死率は１〜２％である。

て、吾峠呼世晴《ごとうげこよはる》の漫画『鬼滅の刃』を挙げることができる。『週刊少年ジャンプ』に二〇一六年から二〇年まで連載され、一九年から始まったアニメ版により一大ブームを巻き起こしたこの作品について、内容を改めて紹介する必要はないだろう。いま改めて注意したいのは、この作品の時代背景が大正時代の初期であり、一九一八～二〇年、すなわち大正七～九年という、スペイン風邪の流行期に近いという点である。[4]この作品における鬼が血を介して増殖する点（感染症に似ている）や、鬼が人間を絶滅させるのではなく、共存しながら捕食しようとしている点（ペストよりもインフルエンザに近い）など、本作における鬼をスペイン風邪――あるいは感染症が与える不安――と重ねることは、決して的外れではないだろう。『鬼滅の刃』の作者がどこまでそれを意識していたかは分からない。しかし、二〇二〇年十月に公開された劇場版が、新型コロナウイルス流行下にもかかわらず、日本での歴代興行収入第一位を獲得するほどの爆発的な人気を博した理由のひとつとして、本作の物語がパンデミック下の人々の無意識に強烈に働きかけたからではないか、と考えるのは十分可能である。そして万葉集に登場する「鬼病」から現代アニメの描く「鬼」まで、日本文化を貫く疫病への畏怖の念を辿り直してみたくもなる。

　この系譜のなかに、沖荒生氏の二冊の歌集『コロナ禍の記憶』と『見出された詩　続コロナ禍の記憶』（本歌集）を位置づけるならば、何が言えるだろうか。前者には、次の歌が収められている。

Zoom中、皆の耳刺すリフレイン吾子の彼女の『鬼滅の刃』の

二〇二〇年六月の光景を詠んだものだが、コロナ禍での在宅勤務の一環としてZoom会議をする主人公の近くで、息子とその女友達が遊んでおり、女友達の繰り返し歌う『鬼滅の刃』の主題歌が会議の参加者に聞こえている。『鬼滅』自体がスペイン風邪のパンデミックと暗示的な関係にあるかもしれないことを念頭に置くと、新型コロナウイルス感染症が人間に及ぼす影響を巧みに掬い取ったものとして読める。オンライン会議をする主人公

注

4　作中に年号が明記されているわけではないが、様々な記述を基に計算すると、物語の開始は大正元（一九一二）年冬、終了は大正四（一九一五）年冬と考えるのが妥当なようである。スペイン風邪の流行より数年前ではあるが、時期的に近接している。

たちは、一見すると新型コロナウイルスの感染拡大から身を護られているかに思える。しかし家の外には、いやひょっとするとすでに内にもウイルスは忍び込んでいるかもしれない。その恒常的な不安が、「世界に打ちのめされて負ける意味を知った／紅蓮の華よ咲き誇れ！　運命を照らして」といったアニメ主題歌のリフレインによって僅かに呼び覚まされる。要するにこれは、ヨーロッパ中世のペスト流行を背景に広まった格言、〝memento mori（死を忘るべからず）〟の極めて現代的な表現だと言える。

もっとも、「吾子の彼女」の歌声は、主人公以外のZoom会議参加者からすれば、遠い背景として微かに聞こえるノイズにすぎない。この微妙さは、他の疫病とは異なるコロナ禍特有の雰囲気、恐怖よりも苛立ちに近い感情に通じているだろう。

ぱっと見は常に変わらぬラッシュ時もどこにいるんだステルス・ウィルス
眼泳がせ咳を怺える顔と顔疑心暗鬼が車両に満ち満つ

前者は主人公の視点、後者はより客観的な視点で、不可視のウイルスが煽る焦燥感を捉えている。後者では、「満ち満つ」という語が想起させる「密」（これもコロナ禍によってすっかり日常語と化したが）な様子が、漢字を多用することで視覚的にも表現されている。「疑心暗鬼」にも鬼が潜んでいるが、そもそも『コロナ禍の記憶』は、次の歌で始まっていた。

おにやらいする声もなき太陰のおおつごもりに来たるまれびと

西暦二〇二〇年における「太陰のおおつごもり」、つまり一月二四日に来た外国からの客人を詠んだものだが、コロナ禍初期における疫病への警戒心の薄さが「おにやらいする声もなき」という言葉に示されている。『コロナ禍の記憶』は、最初から最後まで、この見えない鬼への警戒心に貫かれた歌集と言ってもよい。同書の掉尾を飾る次の歌――

我が血もて記しし歌書と言うべきかただねがわくは陰性《ネガティブ》な血の

これは疫病の年を文字どおり血の滲むような思いで過ごした主人公が、改めて一年を振り返って詠んだものだが、「我が血もて記しし歌書」という力強い冒頭は、本歌の中間にあたる「言うべきか」で微かに転調され、「陰性な血」を求める下の句に接続される。見えないウイルスをめぐって様々な意見が沸き上がり、あらゆる主張が相対化され、曖昧なステータスに留まることを余儀なくされた一年を締めくくる歌として、これほど適切なものはない。

もうひとつ、『コロナ禍の記憶』における重要なテーマは、主人公の離婚である。どのような事情があるにせよ、人生において家族の別れほど深刻なものはない。離婚という結末には至らないものの、小島信夫『抱擁家族』（一九六五）や島尾敏雄『死の棘』（一九七七）など、家庭の危機を描いた文学作品も少なくない。もっとも、同書においては、「狂いたる妻」、「暴風の妻」といった表現こそあるが、夫婦の葛藤に深く踏み込んだ歌は意外に少ない。苦悩する主人公の内面を掘り下げ、そこに近代的な個人の徴を刻みつけるような歌は皆無といってもよい。意外に（というより、むしろこの方が現実的なのだろうが）、主人公は離婚という主題に対して冷静である。

ウイルスがまずは心を蝕んで街にみつなる離婚、虐待いわゆる「コロナ離婚」などを扱った時事的な歌だが、『コロナ禍の記憶』ではこのあと主人公自身も離婚を経験することになる。しかし、そこで離婚という主題が彼の家族に固有のものとなるわけではない。

いつからか『鬼滅…』の彼女が来ないのはそのふたおやも別れたりけり

前に『鬼滅の刃』の主題歌をリフレインしていた、息子の「彼女」の親も離婚したと伝えることで、離婚という主題がどれだけ「街にみつなる」ものか、改めて了解される。主人公のこうした認識も手伝ってか、『コロナ禍の記憶』の離婚をめぐる歌は、苦悩や悔恨で闇雲にもがくのではなく、どこか醒めた視点を備えたものが多い。次の歌など、離婚後の家庭風景を詠んで、ユーモアさえ漂わせている。

第3の波のまにまに着きにけむ何故か我が家に寝ぬる元妻

この歌は、感染拡大が終わったと思えば（より正確には、政府等によって終わりが宣言されたかと思えば）また次の感染の波が来るという事態と、離婚しても元妻が自由に家に出入りする状況を暗に重ねている。これは偶然の一致ではない。先述のようにウイルスは家の内も外も関係なく侵入することで、公私の境界を攪乱する。そもそもネットやオンライン会議を活用した在宅勤務も、家庭と職場の区別を曖昧にしている。また、感染拡大も三度目となると、世間の反応はパニックというより倦怠感が強まる。古来、詩人たちの心を動かしてきたのは、遥かなる距離や決定的な変化だった。歌詠みの多くは、遠い地に赴任した夫を思う妻、幸せな夜が終わり後朝《きぬぎぬ》の別れを惜しむ男女、そして死して帰らぬ恋人や友を悼む者であった。先ほど、インフルエンザは文学の主題になりにくいと述べたが、この点、新型コロナウイルスはインフルエンザ以上にドラマを欠いた、非文学的な感染症と言ってよい。この非文学的な倦怠感の澱みを体現するかのように、「何故か我が家に寝ぬる元妻」が主人公の眼前にあらわれる。そこにあるのは、別離ならぬ別れ、他者である家人といった中途半端な状態の、いつ終わるとも知れぬ継続である。

このどっちつかずの倦怠感は、「続 コロナ禍の記憶」と副題のついた歌集『見出された詩』において、いっそう濃厚に漂っている。本歌集はコロナ禍二年目と三年目の二年あまりを描いているが、二年目の六月からワクチン接種も始まるので（「「職域」で初めて会った新人に案内されて至る会場」）、ウイルスの直接的な脅威はさらに弱まる。しかし、寄せては返す流行の波は収まらず、人々の反応もどこか捨て鉢になる（「第八波襲って来ると言いつつもあなたも波となりに飛び込む」）。

本歌集は四つの章に分かれている。同じく四章で構成される『コロナ禍の記憶』の第一章の表題が「追儺なき大晦日」であるのに対し、『見出された詩』の第一章は「寝ぬるほかいびと」と題されている。「追儺」すなわち「おにやらい」なく始まったコロナ一年目は、まさに不可視の鬼＝疫病に翻弄される年だったが、二年目の象徴が主人公の自宅で寝転がる「ほかいびと」、すなわち元妻の姿であるのは、偶然ではない。「ほかいびと」とは、家々を訪ねて祝福の言葉を述べ、金銭をもらう遊行者のことで、『万葉集』第十六巻に

注

5　ちなみに、アルヴィン・トフラーの有名な著作『第三の波』（一九八〇）は、第三の波すなわち情報革命により在宅勤務が可能になると指摘した。コロナ禍での新しい働き方を予言したようでもあるが、先の歌の「第３の波のまにまに」という一節が、トフラーの著作を意識したものかは分からない。

「乞食者《ほかひびと》の詠《うた》」二首が収められている。離婚したが実家にも帰れない元妻の姿を遊行者に喩えたものだろうが、「乞食者《ほかひびと》」の漢字表記が示すように、経済的問題から「元ＡＴＭ」たる元夫から離れられない彼女の境遇も暗示している。

不可視なものに脅かされ、他者との社会的距離《ソーシャル・ディスタンス》の取り方に苦慮しつづけ、公私の境界侵犯に慣らされた感性は、二年目に入って身辺の不条理と世間の歪みをグロテスクなまでに鋭敏に捉えるようになる。「離婚後に家事を始むる元妻の心や占むる元ＡＴＭ」、「元妻の元を付けたり消したりの歌よみ続く元夫、我」のように、元妻と主人公自身の腐れ縁を斜め上から自嘲気味に観察する歌がある一方、日本や世界のできごとに批判のまなざしが向かうこともある。二〇二一年七～八月に、反対の声もかまびすしいなか、無観客で開催された「夏の祭典」こと東京オリンピック、二〇二二年二月に始まったロシアによるウクライナ侵攻も、本歌集で詠まれている。後者は前者に比して遥かに暴力的な悲劇であり、ウクライナに平穏な生活が戻るべく、古《いにしえ》の神々に訴えるかのように万葉仮名で記した歌（「烏克蘭《ウクライナ、》　汝乃物陀《おまえのものだ、》　蒼天者《あおぞらは。》　地尓翻流《ちにひるがえる》　金乃穂浪裳《きんのほなみも》」）など、醒めた諷刺よりも真剣な祈りを感じさせるが、そのなかでこうした歌も見られる。

国の名は「国」と「辺土」を意味すとう無論後者は侵略者より

これはウクライナの国名に関する歌で、試しにウィキペディアで「ウクライナ」を参照すると、この固有名詞の語源について、「『国』といった意味であるという説と、『辺境』といった意味であるという説がある」という。簡単に言うと、前者はウクライナ語と所縁があり、後者はロシア語と所縁があるそうで、これが右の歌の背景をなす。これに続く歌でも、「Ukrainian」の右と左に「その国の」と「辺境の」とルビが振られている。もっとも、ここで重要なのはこういった知識ではなく、ウクライナでの戦闘についても、内と外、自己と他者の境界の不確かさに主人公の意識が向かっていることである。この境界をめぐる闘争という点で、主人公の日々の戦いはウクライナ情勢に通じており、ウイルスや元妻に境界を侵されている者として、ウクライナに深く同情を寄せずにはいられない、という面もあるだろう。

これに比して、身近な土地で開催されながら、無観客ゆえにテレビでしか見ることのできない東京オリンピックについては、その矛盾や偽善が容赦なく諷刺されている。

バブルの夢の中なる「安全な大会《うたかた》」という共同幻想
銀ブラヲシテルグライガ何デスカ?他ニモ動イテイマス、金・銀

余計な解説は無用だが、「バブル」と「うたかた」とを重ね合わせたり、「銀ブラ」とオリンピックのメダル、さらには大会関連の裏金を重ねたりと、言葉の多義性《アンビギュイティ》が諷刺の効果を高めている。

諷刺を狙った言葉遊びは、本歌集の（あるいは沖荒生の作品全般の）特色をなすが、次の一首は、本解説の筆者の印象に強く残った。

宗教を持たない民が棄てられぬそもそも義務か半端なる巾《きん》

最後の「巾」は、「菌」に通じる。消えそうで消えない半端なる菌、こと新型コロナウイルスと、予防効果は高が知れているものの、半端なる巾ことマスクを律儀に、お守りのように着け続ける人々。「巾」と「菌」の偶然の一致が、図らずも敵たるウイルスと私たち人間の曖昧な共犯関係（それとも共生、あるいは共同幻想?）を暴いているのが面白い。

こうした歌は、(戦争を詠んだものは別として)和歌というより狂歌に近く、主題(疫病、離婚、社会問題)の深刻さに比して扱いが軽すぎると感じる向きもあるかもしれない。しかし、ことコロナ禍(とその渦中に起きた種々のできごと)については、そこに悲劇であれ喜劇であれ、真にドラマティックなものを求めるより、あえて悲喜劇として表層的に描出する方が、かえって実情に近いのかもしれない。少なくとも、本歌集の作者は自覚的に一連のできごとを悲喜劇として眺めている。

新しい顔が新たな人生にあんべしというああ荒魂の母

これは、主人公と息子が二人旅から帰還したとき、家で寝ている元妻の顔が包帯で覆われているのを見たときの歌である。「新しい顔」を手に入れるために、かなり大きな整形手術をしたように思えるが、その後注には、「もっとも包帯が取れた後、何が変わったのか男二人にはわからず」と記されている。離婚から「新たな人生」へと踏み出そうとする元妻の決意は、皮肉にも手術後の包帯を取ると不可視になる。そもそも「新たな人生」を歩もうというのであれば、元夫も息子もいない元の家にひとりで起居していることも矛盾といえるだろう。「半端なる巾《きん》」の歌にも明瞭だったように、本歌集の世界では、ほとんどのできごとが「半端なる」状態を抜け出ることができず、倦怠と諦念に包まれている。

こうした状況を描くために、本歌集の作者がこれまた意図的に選択したのが、新古典主義的なスタイルである。本書には、至るところに東西の古典文学や研究書、西洋の音楽作品等への言及がある。先述のように万葉仮名を使用した歌もあれば、英語と日本語を大胆に混交させたものもある。明らかに百人一首をもじった歌もある（「人流の末の松山波越えてあり得もしない噂におびゆ」）。同様のものは『コロナ禍の記憶』にも——「久方の光ののどけき春の日も深きいきざし忘れたる肺」。同書には『サラダ記念日』のパロディも見られる）。『見出された詩』のすべてとは言わないが、非常に多くの言葉が何らかの意味で引用の趣を備えている。

ロマン主義的——日本文学の場合はこれを「近代的」と置き換えてもよい——な詩歌の場合、他者の言葉の引用ではなく、ただひとつの自分の経験を歌い上げることが前提となる。現代短歌においても、作者と思しき主人公の生活や想像が、その人自身の顔だちを備えた言葉で語られることが多い。古来の形式と現代の感覚との一致をめぐって、様々な試みが実践されている。本歌集に代表される沖荒生の作風は、こうした私小説的な和歌とは似て非なるものである。

なお、和歌における新古典主義といっても、それは例えば万葉調を現代に復興させるといった意味ではない。たしかに本歌集には万葉仮名が出てくるが、太古の歌の力を復活させるためというより、十分に時代錯誤《アナクロニズム》を自覚した上で使われている。先ほどのウクライナに向けた歌も、その少し前に置かれた「この歌が彼の地に届かないにせよ人の体温よりも熱かれ」とともに読まれるべきである。歌の無力さを感じながらも、何かを口にせずにはいられない、その思いが意図的な時代錯誤《アナクロニズム》の実践につながっている。

つまり本歌集は、新型コロナウイルス禍の日々における曖昧にして混沌とした状況に対し、あえて伝統的・定型的な表現を当てはめて、そこから浮上する違和感や不条理から、笑いや哀しみを掬い取っている。主人公が愛好するクラシック音楽でいうならば、ストラヴィンスキーの『プルチネルラ』(一九二〇初演)やラヴェルの『クープランの墓』(一九一九初演)といった二十世紀音楽の傑作と同じ意味において、これは新古典主義的な試みなのだ。あるいは、詩でいうならば十八世紀イギリスの偉大なる諷刺詩人アレグザンダー・ポウプによる擬似英雄詩『髪盗人』(初版一七一二)やホラーティウスの模倣詩(一七三三〜一七三八)などを想起してもよい。ポウプもまた、古今の文学への豊かな教養を駆使して、同時代の風俗を辛辣に諷刺した。その意図的に華やかで形式的な詩風は、かえって偽の深刻さ、すなわち偽善を告発するのに適している。

実はポウプは、「この長き患い、わが人生（this long disease, my life）」とみずから振り返るほど（「アーバスノット博士への手紙」、一七三五）、身体の不調に悩まされ続けていた。『見出された詩』の主人公の方も、「長き患い」こそないが、コロナ禍、離婚、さらには代表を務める会社の不祥事と、重なるトラブルで満身創痍ともいえる（「ひととせをそがれはてたる冬枯れのうしないたるは葉のみにあらず」）。本当に辛いとき、人は存外悲しみに沈むよりも、人生を俯瞰して笑いに転じるものらしい。とりわけ、ポウプや本歌集の作者のように、時にふてぶてしいほどにたくましく、危機の渦中を生き抜ける人たちはそうである。

ポウプは、生来の体調不良に加え、宗教的な理由もあって独学で研鑽を積み、若くして詩壇の寵児となっただけでなく、当時としては珍しく文筆のみで生計を立てた人だが、その成功を導いたのは、自作の宣伝・販売で発揮される商売の手腕であった。これに対し、沖荒生は専業の歌人ではないが、本歌集の主人公と同様、金融機関の役員を務めるなど、実業の世界で活躍している。つまり、沖もポウプも堅実な生活者としての感覚を備えつつ、古典的な詩の制作に生きがいを見出しているといえる。近代日本文学の読者にとって、本歌集の世界はなじみのある「文学」とは異質なものかもしれない。しかし見方によっては、こちら側にこそ生活者の感覚を投影した文学があるのではないか。さらに、時代錯誤を承知で言うと、かつての宮廷人は漢文で公文書を書き、和文で歌を詠んだが、本歌集の主人公は、公的な英語と日本語で昼間の業務をこなし、その傍らで日々の記録を和歌に残している。グローバル化が進展し、国民国家の言語（これが近代文学の前提であることは、水村美苗『日本語が亡びるとき』参照）としての日本語がなし崩し的に解体する中で、本歌集のような形で古典に回帰するのは、実は時代に適応した文学の姿のひとつといえるだろう。

しかし最後に強調したいのは、本歌集の曖昧で混沌とした世界をしっかりと現実につなぎとめる一縷の糸の存在である。『コロナ禍の記憶』では七歳だった主人公の息子は、『見出された詩』において半成人つまり十歳を迎える。感染の波が押したり引いたり、人と人が近づいたり離れたりを繰り返す中、この小さき人の成長だけは、着実に本歌集の世界を更新する。

君はもう俺と登校しないのか十歩先ゆくランドセルくん

なでなれたはずのつむじを撫でんとしのばしたる手が宙をさまよう
真夏日の光が丘の半裸児は父の見上げる大樹ともなれ
いつの間にか我が細指に似て来たな登校時だけ繋いでくれる
半成人今もゆたけき頬なれば今日よりマスクは大人用S
内側にチョコのアイスのあとあれば君のマスクはこっちなるらし
ぷよぷよのボールの野球も最後かなさよならさえもゆるい家族の
父子ふたりふかきねぶりに変若《おち》めやもむ抱きつく吾子かきむ抱きて寝

最後の引用歌が示すように、息子が（この場面では母との別れの辛さゆえに）童心に返る瞬間もあるものの、全体としては、親離れという決定的な別離の哀しみがこれらの歌の背後にある。伏流水のように流れる別れの予兆を経て、終わり近くで主人公がひとり光が丘を歩く場面の連作は、本歌集中の絶唱をなす。

家にいて取り残されるに堪えられでひとりありけり光が丘を
父子ふたり踏めばおかしき枯葉道その独奏は哀しかりけり

かぐわしいひとりでかげば　ふたりして踏んづけ合ったぎんなんの実が
何故俺はひとりで歩いているんだろう小《ち》さき歩幅に合わせたままで
地の上に見つけ出された時々が言の葉として天《あめ》に溶けゆく

もちろん、ひとり地を踏みしめて詩を見出すという流れ自体、プルースト『失われた時を求めて』の最終巻『見出された時』を意識した本歌取りとも言え、本歌集のタイトルから分かるように、作者はそれを隠そうともしていない。しかし、これは決して単なる模倣でも、ましてやパロディでもなく、本歌集の世界のなかで、そのすべてを裏返して原点に帰るような、真の反復を表現している。主人公は、枯葉道をひとり歩きながら、息子と枯葉を踏みしめて遊んだ記憶を想起する。気づけば、自分は息子の歩幅に合わせて歩いている。こうして主人公は見出すのだ。記憶によって、人は過去を繰り返し生きられることを。それは現実として返らない点で「哀し」いものだが、同時に今の生を「かぐわし」い香気で満たす。息子との別れは、四季のめぐりのごとき必然であり、コロナ禍で蔓延する偽りの繰り返しとは異なり、別離の痛ましさと新生の予感をもたらす真の反復である。この反復を受け容れることで、歌の困難な時代に、主人公／作者はついに詩を見出した。それは束の間のものでありながら、それゆえに文学として記すに値する。事実、主人公はこの発見の喜びをかみしめる間もなく、日常に立ち戻っている。

感傷に溺るるうちに正午《ひる》近し君を迎えに塾に駆け出す

なお、ここで「踏む」という動作がもつ意味にも注意を払っておきたい。地面を踏みしめる行為は、古来、邪気を祓うための儀式で行われてきた。『コロナ禍の記憶』に「ずしやかにおおつごもりを鎮めにし雪踏むあした反閇《へんばい》のごと」の一首があるが、この「反閇」とは、邪気を祓うための足踏みを意味する。地を踏むことが疫病の鬼を祓うことに通じるのであれば、「追儺なき大晦日」から始まった二冊の歌集が、このような形で終結することにも、一種の鬼やらいの意味があるに違いない。
『見出された詩』の歌をさらに追うと、息子の成長の哀しみを詠うかに見える、次の一首がある。

君はもう握らせようとしないからひとり悴《かじか》む朝のてのひら

しかしこの歌は、もはや単なる悲哀の歌ではなく、かつて清少納言が讃えた冬の朝の爽やかさにも通じている。というのも、すでに主人公は次のことに気づいているからだ。

幾年も芽吹くべきもの愛ぐしとておのがめぐりに見出さるる詩

「家にいて」からこの一首までを読んだときの感動は、『見出された詩』を通読した者だけが得られる至福である（その前に『コロナ禍の記憶』も読んでおけば、歓びが倍になることも付言しておく）。ここでは詩歌の発生の瞬間がじっくりと、植物的な持久力で描出されている。私的なできごとを通じて普遍に至ること——それを文学は古来実践してきたが、本歌集は、二十一世紀においてそうした文学がいかにして可能なのかという問いへのひとつの答えを示している。

あとがき

『見出された詩』は、副題が示す通り、２０２1年3月に出版した『コロナ禍の記憶』の続編としての歌集になります。続編の歌集、というのはあまり聞かないように思われますが、前作を4幕物のオペラを意識した構成とし、その最終章のタイトルを「失われた時」とした時、自分の中では次の歌集を続編に相当するものとしようと決めていました。

「失われた時」、というのは言うまでもなくマルセル・プルーストの大作から借用したものですが、この空前絶後の芸術作品が、「見出された時」と通例訳される最終章において、主人公が、様々な登場人物や土地に関わる記憶を呼び覚ましながら、ついには文学に携わる意味を見つけ出すあたりでフィナーレとなることに相応させるため、続編に相当する本作の主たる題名を『見出された詩』としました。

『コロナ禍の記憶』は、主人公が、コロナ禍は謂わばきっかけに過ぎず、自身が家庭崩壊の元凶であることを自覚したところで終わります。『見出された詩』においては、主人公は、社会で生きる束縛を――例えば離婚した夫婦は別居しなければならないという常識、あるいは父は「父」として、母は「母」として振る舞わなければならないという偏見を——棄て、個々の当事者の最適解を探ること、そして、歌謡という古来より受け継がれて来た禁忌から解放されるためのツールは、現代において自由な人間となるための方法としてなお有効であることに気づいたように見えます。しかし、だからと言って絵に描いたようなハッピーエンドには結びつかない。それが文学のリアリズムでしょう。

ただ言えることは、コロナ禍によって失われた時間・生活を、元通りにすることは不可能としても治癒していく過程とはどういうものか、また、日本の伝統的文学である短歌がそうした回復のための営為、あるいは苦闘、と如何に関わるのか、『コロナ禍の記憶』が問題篇とすれば、『見出された詩』はこれらの問題に対する解答篇ということです。

本歌集の解説は、災害、なかんずく病禍と文学、という主題の考察にあたって常に筆者を啓発し続けていただいた東京大学の武田将明教授にお書きいただきました。博士論文の審査、さらには渡英のご準備に大変ご多忙な中、素晴らしいご解説をお寄せいただきましたこと、篤く御礼申し上げます。

また、『コロナ禍の記憶』の続編としての本書の刊行にご理解いただきました『短歌』編集長の北田智広様はじめ、角川文化振興財団の方々、ありがとうございました。そして、

『コロナ禍の記憶』に続き、作品のイメージに合わせた装幀をしていただきました片岡忠彦様、ありがとうございました。

最後に、三枝昂之先生および今野寿美先生には、平素より懇切にご指導いただくとともに本書執筆に際しても大変お世話になりましたことを感謝申し上げます。歌会においていつもご意見をいただくりとむ会員の皆様、どうぞ今後ともよろしくお願い申し上げます。

令和5年5月31日

沖　荒　生

著者略歴

沖　荒生（おき　こうせい）

昭和48年大阪生まれ
平成9年東京大学卒業
平成13年弁護士登録
平成30年6月歌物語『無言歌集』（角川書店）を上梓
同年9月りとむ短歌会に入会
令和3年3月歌集『コロナ禍の記憶』（角川書店）を上梓
現在金融機関役員

歌集　見出《みいだ》された詩《し》　続《ぞく》　コロナ禍《か》の記憶《きおく》

りとむコレクション 129

2023 年 10 月 18 日　初版発行

著　者　沖 荒生

発行者　石川一郎

発　行　公益財団法人　角川文化振興財団

〒 359-0023　埼玉県所沢市東所沢和田 3-31-3

ところざわサクラタウン　角川武蔵野ミュージアム

電話 050-1742-0634

https://www.kadokawa-zaidan.or.jp/

発　売　株式会社　KADOKAWA

〒 102-8177　東京都千代田区富士見 2-13-3

電話 0570-002-301（ナビダイヤル）

https://www.kadokawa.co.jp/

印刷製本　中央精版印刷株式会社

落丁・乱丁本はご面倒でも下記 KADOKAWA 購入窓口にご連絡下さい。送料は小社負担でお取り替えいたします。古書店で購入したものについてはお取り替えできません。

電話 0570-002-008（土日祝日を除く 10 時～ 13 時 ／ 14 時～ 17 時）

 ISBN978-4-04-884546-5 C0092